목련꽃 벙그는 밤

김영재

전남 순천 출생. 1974년《현대시학》등단.
시집『녹피 경전』『히말라야 짐꾼』『화답』『홍어』『오지에서 온 손님』
『겨울 별사』『화엄동백』『절망하지 않기 위해 자살한 사내를 생각한
다』『참나무는 내게 숯이 되라네』『다시 월산리에서』, 시화집『사랑이
사람에게』, 시조선집『참 맑은 어둠』『소금 창고』, 여행 산문집『외로우
면 걸어라』등 출간.
순천문학상, 고산문학대상, 중앙시조대상, 한국작가상, 이호우시조문학
상, 가람시조문학상 등 수상.
chaekjip@naver.com

목련꽃 벙그는 밤

—

초판 1쇄 2019년 5월 7일
지은이 김영재
펴낸이 김영재
펴낸곳 책만드는집

—

주소 서울 마포구 양화로 3길 99, 4층 (04022)
전화 3142-1585·6
팩스 336-8908
전자우편 chaekjip@naver.com
출판등록 1994년 1월 13일 제10-927호
ⓒ 김영재, 2019

—

ISBN 978-89-7944-688-3 (04810)
ISBN 978-89-7944-513-8 (세트)

책 만 드 는 집   시 인 선 1 2 2

목련꽃 벙그는 밤

김영재 시집

책만드는집

선암사

사는 게 아득한 날은
선암사에 가보세요

근심 푸는 해우소
근심 없는 무우전

육백 년
늙은 매화는
봄 오면 꽃 피워요

-2019년 봄
김영재

| 차례 |

2부   거친 바람도 꽃이다

3부   지는 해는 더 붉다

4부   멈출 수 없는 날들

5부 어두워지는 시간에

1부

눈물이 위로가 될 때

바늘귀

뾰족한 송곳을 바늘이라 하지 않는다

바늘귀가 없으면 바늘이 될 수 없다

바늘은 찌르기도 하지만 아픈 곳 꿰매준다

나는 누구의 상처 꿰맨 일 있었던가

찌르고 헤집으며 상처 덧나게 했지

손끝에 바늘귀 달아 아픈 너 여미고 싶다

그림자도 부끄럽지 않게

그림자가 있어서 부끄러움 배웠습니다

그림자도 부끄럽지 않게 살라 하신 그 말씀

대청봉 귀때기청봉 붙들고 새기겠습니다

인공 눈물

울어도 눈물 없는 눈동자는 쓰렸다

눈물을 마중하러 인공 눈물 넣는다

눈물이 위로가 될 때 돌아보면 더 많았다

침팬지처럼 재롱을

한 노승이 의자에 쪼그리고 앉아서

삭정이 같은 두 팔로 허공을 그리고 있다

알겠다 우리의 내력 어디서 왔는지를

天山天池

― 사성에게

어제 일을 모르고
십 년 전 일 기억하면
치매가 온 것이라고
선사가 말 걸었다
아뿔싸
天山天池가
파랗게 뒤집혔다

떠나보내고

늘 그 자리에 앉아 있던
노인이 보이지 않았다

연두색 봄바람 따라
꽃 마실 가셨을까

홀로인
그의 노처는
화초에 물을 주네

수평선

바다 위에 선 하나
그어졌을 뿐인데

다가가면 멀어지고
돌아서면 다가오는

너와 나
그리운 날들
손 한 번 잡지 못했네

인간의 풍경

게이오 플라자 호텔 아침 뷔페식당에서

다리 절며 스틱 짚은 혼자 온 지친 여행자

눈으로 음식 고르고 접시 들고 서 있는 한 사람

꽃 여행

"폐업정리
임대문의
그동안 감사했습니다"

A4 용지 한 장 붙여놓고
떠난 사람 찾습니다

만나서
밥 한 끼 먹고
꽃 여행 떠나고 싶다

재 한 줌

고통을 달게 견딘 삶의 재는 고요하다

드센 바람 불어도 흩어지지 않았다

생전에 따스했던 것처럼 부드럽고 순하다

출마

일없이 절 마당을 기웃대며 거닐다가

선불당 처마 밑에서 발걸음을 멈췄다

부처님 뽑는 집이다

나도 한번 출마해봐?

마애삼두불*

몸 하나에 머리 셋
현세 내세 전생이라면
그것은 피할 수 없는
어쩌지 못할 숙명
한 몸에
삶이 셋이다
아름답고, 징그럽다

* 전북 무주군 민주지산 석기봉 아래 몸 하나에 머리 셋 달린 마애
불이 있다.

순천

참새 떼가 철롯가에
한가롭게 아침을 맞고
벌교 보성 쪽으로
기차는 떠나가네
느리게 아주 느리게
안개 속으로 사라지네

겨울 강

얼어서 깨어져도 겨울 강이 되겠다
얼어서 잠 못 들어도 흐르는 물이 되겠다
유장한 강물이 되어 부딪치며 상처 되겠다

가다가 바위 만나 무수히 부서지겠지
흩어지면 다시 뭉쳐 또 다른 세상 만나
차갑고 맑은 가슴으로 너에게 흘러가리

그리움의 거리

나무도 외로워야 큰 나무로 자란다

외롭지 않은 나무는 그리움을 모른다

그리움 그 거리만큼 나무는 커간다

2부

거친 바람도 꽃이다

목련꽃 벙그는 밤

목련이 벙그는 밤
흰 달이 떴어요

달빛에 일렁이는
목련꽃 보셨나요

당신을
꼭 한번
다시
봤으면 좋겠어요

봄은 한꺼번에 왔다

미세먼지와 목감기
도톰하게 솟은 목련

산수유와 애기똥풀
취업 미생 아우성

혁명도
무차별 쿠데타도
꽃 피고 질 때였다

거친 바람도 꽃이다

폭염이 한풀 꺾이니 배롱꽃 더 붉다
작고 붉은 꽃들이 백 일 동안 피고 질 것이다
이별과 다른 만남이 나에게도 올 것이다

소멸은 탄생을 불러 한생을 마감하고
하늘 아래 흔들리는 배롱꽃 무더기로 진다
가거라 꽃 지는 날들 거친 바람도 꽃이다

잎이 진다

한때는 무성한 잎 푸른 그늘 거느렸지

초록에서 붉어지며 뭇사랑 희롱했지

단 한 번 거짓 없었던 날들이 지고 있네

서울 낙타

사막에서 마셨던 백주 한 병 챙겨서

열흘 만에 돌아와 친구하고 마셨다

불콰한 친구의 얼굴 늙고 지친 낙타였다

어쩌겠니

산수유 봉오리가 필락 말락 변덕이라고

네가 보낸 꽃 소식 오래전 우리 사이

이제 와 꽃이 핀다고 그걸 누가 어쩌겠니

그런 봄날

겨울이 떠나가고 얼음이 녹고 있다

흐르는 얼음 눈물 봄비가 핥아준다

실버들 어린 입술이 삐쭉대는 그런 봄날

치과를 나오며

뿌리 없는 치아를 뽑자 해서 뽑았다

뿌리 없는 것들은 죄다 뽑혀 나간다

뿌리를 따지고 들면 뿌리가 불편한 세상

봄밤

친구는 술 권하고
나도 한 잔 더 권하고
시간의 끈을 놓고
늦도록 마시면서

집에 와
못 이루는 잠
술 아닌 봄밤이었다

상사화

붉디붉은 그 꽃의 이름을 기억해냈습니다

잎과
꽃이
살아서
서로를 볼 수 없는

상사화 붉게 피더니
절 한 채 태웠답니다

미륵사지 모과

모과나무 휘어진

미륵사지 갔었지요

낭창거리는 가지에

잘 익은 모과 몇 알

장엄한 사리로 남아

하얀 서리

품던데요

허리를 삐끗하고

내 몸이 고달프니 세상이 조용하다

힘겹게 몸을 세워 조금 걷다 생각했다

세상이 시끄러운 건 내 몸이 소란해서였다

대한 무렵

팥배 열매 산수유 열매
불그죽죽 시들었다

큰 추위 다녀가셨나
열정이 시들었나

추위 속
목련 송이는
훈훈한 봄마중인데

고마움

밥상에 밥이 없다
샐러드와 빵 따위

붕어빵에 단팥 없어도
맛있게 먹던 시절

어쨌든 그럭저럭한
젊은 날이 고마웠다

3부

지는 해는 더 붉다

붉은 해

지는 해는 둥글다
지는 해는 더 붉다

노여움도 살의도
군더더기 털어내고

제 갈 길
숙연히 가며
뜨겁고 서럽다

가지치기

느티나무 가지가 전기톱에 잘렸다

월세 살던 까치집 예고 없이 날아갔다

임시직 고용 계약서 속수무책 끝난 봄날

찻잔에 대한 예의

시조집을 냈다고 선물 받은 예쁜 찻잔
차 맛을 모른다며 정중히 사양했다
차 맛을 모르신다면 곡차 잔으로 애용하란다

그 말을 따르자니 찻잔에 예의 아니고
다향을 즐기자니 내 취향 아니다
곰곰이 생각다 못해 찬장에 슬쩍 모셨다

얼마 후 만난 그이 찻잔 안부 물었다
백자 곁에 잘 모셨다 격 높여 답했다
찻잔에 예의 아니란다
소주라도 마시란다

막차

"선택보다 포기에 현대인은 집착한다"

지하철 글판에서 읽고 생각하고 머뭇대다

오는 차 그냥 놓쳤다
그 차가 막차였다

할 일

감기 몸살 앓는다고
그에게서 소식 왔다

나도 문자 날렸다
잘 견뎌 일어나라고

그것이
지상의 위로
살아서 할 일이었다

인연

펄펄 끓는 추어탕 한 그릇 앞에 놓고

뻘 속에서 매끄럽던 그 삶을 떠올렸다

너와 나 아무 연 없던 인연이 스쳐 갔다

파마머리

내 머리 어때요?
파마한 지 한 달 됐는데

아직은 좋은데요
두 노인 나눈 대화

서로가
지난 청춘을
다독이고 있었다

느린 태풍

그놈은 느리게 와서 더 느리게 떠났다

집과 선박 어린아이 할퀴며 머물렀다

여인과 여인을 울린 사내도 무사하지 못했다

겨울나무로 서 있네

슬픔처럼 벗은 나무 어둡도록 산에 있네
바람이 아프게 와도 비켜서지 않는 몸짓
지나간 푸르던 날을 그립다 말 안 하네
눈 태풍이 덮치고 벼락이 산을 쳐도
온몸이 흔들릴 뿐 조금 더 흔들릴 뿐
돌아가 눕지 않는다 포기 없이 서 있네

잔소리

오랜만에 친구에게 안부가 날아왔다

아픈 데는 없냐고 자기 몸 이상 있다고

조금씩 고쳐가면서 땜질하고 지낸다고

사람이나 물건이나 오래 쓰면 어긋난다

바로잡고 달래면서 조심조심 써야 한다

좋은 말 골라서 보낸 헛말 같은 잔소리

폭염

거리에 사람 없다
길고양이 자취 없다

쨍쨍한 폭염이 마른 강을 뒤엎고
끊길 듯 긴 매미 울음 여름날을 달궜다

너 없이

비 오고 바람 부는 날
우산 없이 너 없이
나 혼자 걷는 길
흰 장미는 지는데

혼자서
자꾸 눈물이
그친 비 또 내리고

지하철에서

철들 일 없는데 철들었는지 몸 무겁네

빽빽한 지하철에서 두리번 빈자리 찾네

가물에 콩잎이 돋듯 자리 나면 덥석 앉네

민망스레 실눈 감고 지난날 새겨보네

걷고 서고 뛰고 걷고 급행열차도 타보았네

가는 곳 그 끝자락에 별다른 것 없었네

낮은 물

낮은 물로 흐르다가 깊은 늪에 고이면

동무들과 인사 트고 외지 소식 나누다가

벼랑 끝 폭포가 되어 하늘 높이 날아보고

너무 높이 날다가 곤두박질 깨어져서

싱싱한 알갱이로 바위 밑 맴돌다가

소낙비 벼락 치듯 내리면 너울로 솟구치겠다

4부

멈출 수 없는 날들

얼지 않은 물

얼음장 밑으로 흐르는 물이 되겠다

바닥에 납작 엎드려 큰 바다로 가겠다

얼었던 사랑을 녹여 흘러, 흘러가겠다

겨울 아오모리

눈보라 속으로 느릿한 두 칸 기차

흩어지는 풍경들이 사라지고 나타난다

희고 긴 이야기들이 줄줄이 달려왔다

바쁠 것 하나 없는 낯선 곳 하얀 밤

사는 게 부질없다 너는 내게 말하지만

눈 내려 깊어지는 밤 더딘 잠이 참 좋다

현저동 한용운

나 그대를 보노니 그대도 나를 본다

그대 모습 한겨울 옛 형무소 담에서 봤다

내설악에 서 있는 청동상 아니었다

서른을 스쳐 지난 불혹의 당찬 얼굴

승려도 아니었고 시인도 아니었다

수의와 수인 번호가 눈빛 형형케 했다

낙타에게

고단한 사막살이 너무 탓하지 마라

햇빛과 바람이 안긴 그리움의 신기루

작은 별 길을 비춰서 너를 걷게 하는 밤

밤잠을 못 자고 꼼짝 않는 전갈을 봐라

꼬리에 이슬 받아 생명수로 연명하며

밤새워 맺힌 이슬이 독 될 때를 기다린다

꽃길 걷고 와서

– 김삼환 시인

꽃길 걷고 돌아와
그대를 보았느니

그대는 꽃 보기 미안해
밥집에서 기다렸지

꽃처럼 피었다 떠난
아내가 가슴에 있었지

꽃 보고 밥 한번 먹자
그 말이 명치에 걸리네

'꽃 보고'는 하지 말걸
밥만 먹자 전화할걸

곱게 핀
환한 그 꽃이
상처인 줄 몰랐네

힘

깊은 산 고요하다
침묵을 지키는 힘

담쟁이 기어오른다
맨손으로 사는 힘

아이들 떠드는 소리
슬픔을 모르는 힘

화개

— 김필곤 시인

무허가 열 평짜리 슬레이트 오두막에

멧새처럼 날아가 깃을 접은 한 사람

화개골 찻잎 덖으며 달빛으로 살고 있다

겨울 부석사

풍경 홀로 덜렁이는
부석사 무량수전

눈발은 사납도록
산과 산을 지운다

석등을
밝히지 못해
작은 별 못 오는 밤

지심도 봄날

거제도 몽돌 하나
가슴에 넣고 다녔다

내 안에 푸른 바다
출렁이고 있었다

흰 매화
무시로 날리는
지심도 가파른 길

하늘 한 번 땅 한 번

큰스님 다비식 건봉사 가보았네

내리던 비 그치고 연화대에 불이 붙고

밥 한술 뜨는 사람들 하늘 한 번 땅 한 번

물의 휴식

매운바람 깊은 산 계곡물이 얼었다

거침없이 내달리던 화살 같은 삶이었다

멈춰도 멈출 수 없던 그런 날이 멈췄다

오늘도 걷는다

산부인과 없어지고 동물병원 개업했다

문구점 일 층 자리 이십사시 편의점

애완견 셀프 샤워장 오늘도 나는 걷는다

섬진강 사람들

섬진강 유난스레 잔주름 많다는 것

섬진강 사람들 마음주름 많다는 것

산수유 매화 피어도 잔시름 많다는 것

가을밤

늦가을 비에 젖은 낙엽을 보러 가리

낙엽을 만나거든 나도 비에 젖어보리

궂은비 젖지 않고서 한겨울 어찌 견디리

5부

어두워지는 시간에

샹그릴라

어두워지는 시간에
말들이 호숫가에

나는 멀리 떠나와
서성이는 호숫가에

지친 몸 쓰다듬어 주는
티베트 어디 호숫가에

룽다, 바람이 읽는 경

깃발에 경을 쓰면 바람이 읽고 가네

바람 따라 떠돌다 경 한 구절 얻었네

설산을 오르다 지쳐 얻은 경을 놓쳤네

흰 폭포

매리설산 빙하 녹아
흰 폭포로 소리친다

큰 산도 속상하면
울음보 터지는데

애간장 녹고 쓰려도
우리 삶은
속앓이뿐

나의 주인

내가 만일 말이 되어
차마고도 넘는다면

그대를 등에 태워 낭떠러지 벼랑길 마다 않고 콧소
리 내지르며 오르고 오르리라 밤 되면 별을 보며 두
몸이 하나 되어 아침을 기다릴 것이고 아침 해 설산
을 넘어 불끈 솟구치면 추운 밤 이슬에 젖은 내 잔등
을 말려 그대의 보료로 삼게 하리니 그대는 나의 주
인 천 길 벼랑 한 몸으로 떨어져도 좋을 주인

떨어져 천마가 되어
하늘 높이 날아보리

차마객잔

차마객잔 다락에서 혼자 듣는 빗소리

바라보는 옥룡설산 등 뒤의 합파설산

걸었던 탯줄 닮은 비탈길 찬비에 젖고 있다

차마고도

험한 산길 오르겠다고
말 몇 마리 발 구른다

나도 따라 오르겠다고
팔다리 휘젓는다

말 등에 올라탄 나도
용쓰면서 가는 길

호도협

호랑이가 건너다닌 계곡을 앞에 두고

나도 한번 건너뛸까 금사강 상류 어디쯤

산들은 하늘로 솟고 물길은 꺼지는 곳

차마고도를 걷는 법

길은 절벽 나는 그 길
그 길을 걷는다

오른쪽 낭떠러지로 발길이 미끄러질 때

푸르른 실핏줄들이
반대편에서 나를 지킨다

말과 사람들이 위태롭게 걷는다
말이 가다 서면 사람도 멈춰 선다
둘이서 걷는다는 것은 기다림을 아는 것

설산에서, 잠시

매리설산 찾아갔다
해발 육천칠백사십

산맥 같은 빙하가
비밀처럼 녹고 있었다

거대한
바윗돌들이
소리치며 굴렀다

무슨 할 말이 있어
설산이 무너지는가

사원의 라마승이
어린 부처를 옮기자

사납던 빗줄기 몇이 느리게 잦아들었다

비를 만나다

설산에서 비를 만나 대피소에 갇혔다

비를 피해 낯선 풍경 속으로 망연자실 빠져드는데
마부는 비를 맞고 말의 잔등을 우산으로 씌워주었다
말이 비에 젖지 않도록 비와 바람을 막아서며 오래
입어 색 바랜 바람막이 겉옷을 다 적셨다 그 모습을
한참 동안 바라보며 생각했다

언젠가
나도 너에게
말이 되고 싶다

세월

내리던 눈 그치고
바람도 잠잠하다

붉었던 지난가을
조금씩 잊혀간다

너 또한
나에게 떠나
잊혀가고 있었다

느리게 간다

일이고 잘난 짓이고 빠른 것이 병이다

더디게 먹어가는 어설픈 나이를 보라

덜 늙고 더 젊어져서 철없어 더 싱거운

다비

장작더미 위에는 연꽃이 곱게 피어

조용한 산비 불러 이슬 한 줌 받더이다

영롱한 이슬 속에서 스님 미소 보았나니

이제는 떠나셨는지 오던 비 그치시고

불 들어갑니다 스님 그 순간이 적멸

탁타닥 청대 터지는 소리 마지막 말씀인지요

유목의 밤

유목의 밤이 깊다
어린 별들 잠재우라
목마른 낙타 불러
무릎을 쉬게 하라
거친 밤 새벽이 오면
사막을 건너리니

산적

충청도 해미읍성에 방문榜文이 붙었겠다

  지난달 스무여드레 오시경 장을 보고 가던 박 첨지
가 가야산에서 산적에게 고기 한 근 쌀 닷 되를 빼앗
기는 일이 있었다 이에 고하니 해미현민들은 각별히
조심하여 혼자 산길을 다니지 말 것이며 산적을 발
견한 자나 위와 같이 생긴 놈(애꾸눈 산적 얼굴 그
림)을 볼 경우 즉시 본영으로 신고하기 바란다 신고
한 자에게는 보리 두 말을 하사한다*

  이른 봄
나른한 오후
보리 두 말 싹이 났다

* 충남 해미읍성에 게시된 방문.

백 세 노인

신발 한쪽
닳아서
발에 맞거나
맞지 않거나

기쁘거나
싫거나
투덜투덜
중얼중얼

끝날 듯
끝나지 않는
완주完走를
꿈꾸는 나이

길 위에서,
마침내 전인미답前人未踏 시의 길을 열다

박시교 시인

1

    김영재 시인의 이번 시집 『목련꽃 벙그는 밤』은 시조집으로는 여덟 번째가 된다. 시조선집 두 권을 포함하면 열 번째로서, 첫 시조집 『화엄동백』 이후 기간으로 치자면 두 해에 한 권 상재의 부지런한 발걸음이 되는 셈이다. 굳이 시집 출간 기간 연도 수를 셈하는 것은 시인이 그만큼 시조 창작에 몰입하고 있었다는 점을 필자 나름대로 규정해보려는 뜻에서이다.

    근간에 출간된 시조집 몇 권에 수록된 비교적 널리 알

려진 작품으로 시집의 표제작인 단수「히말라야 짐꾼」, 그리고 연시조「마음」과 지난해에 출간된 역시 시집의 표제작인「녹피 경전」등등은 시인의 두드러진 개성과 그 성과를 살펴볼 수 있게 하는 아주 뜻깊은 작품들이었다. 그중에서 "연필을 날카롭게 깎지는 않아야겠다"로 시작하는「마음」은 시인의 깊은 내면세계를 엿볼 수 있게 하는바, 연필 끝을 뾰족하게 깎으니 씌는 "글씨가 섬뜩하다"고 하는 생각의 표현은 놀라운 시적 경지를 보여주었다. 하여 "뭉툭한 연필심으로 마음이라 써"보는 행동에 이르게도 만들고, 또한 "쓰면 쓸수록 연필심이 둥글어지고// 마음도 밖으로 나와 백지 위를 구"르게도 되는 것이다. 그런데 이 작품에 날개를 달아주는 보법은 다름 아닌 바로 종장의 의외다 싶을 정도의 상의 비약에 있다. "아이들 신나게 차는 공처럼 대굴거린다"라고 하는 상상의 도약이 펼쳐 보인 종장 결말 도입은 뜻밖의 경이와 신선함을 동시에 맛볼 수 있게 해주었다.

　이제 첫 번째로 옮겨 읽으려는 작품도 앞에 적은 생각과 크게 다르지 않아서「마음」을 먼저 인용해보았다.

　　뾰족한 송곳을 바늘이라 하지 않는다

바늘귀가 없으면 바늘이 될 수 없다

바늘은 찌르기도 하지만 아픈 곳 꿰매준다

나는 누구의 상처 꿰맨 일 있었던가

찌르고 헤집으며 상처 덧나게 했지

손끝에 바늘귀 달아 아픈 너 여미고 싶다
　　　－「바늘귀」 전문

　송곳과 바늘은 둘 다 끝이 뾰족하다는 공통점을 미리
상기하고, 바늘귀의 유무로 서로를 나눈 뒤 "바늘은 찌르
기도 하지만 아픈 곳 꿰매"주는 것으로 그 역할 구분을 해
놓는다. "바늘귀가 없으면 바늘이 될 수 없다". 그리고 무
엇보다 중요한 것은 바늘은 "아픈 곳 꿰매준다"는 사실
의 환기이다. 그러니까 첫 수는 바늘의 정의이고, 이어지
는 둘째 수에서는 자신은 살아가면서 그 바늘의 쓰임을
닮지 못한 자책을 토로하고 있다. 즉, "나는 누구의 상처
꿰맨 일 있었던가"라고 자문하면서 참으로 옹졸했던 삶
을 자책한다. 여기에 더하여 "찌르고 헤집으며 상처 덧나

게" 하지는 않았는지 새삼 되짚어도 본다. 그러면서 화자의 진정성을 담은 결구結句를 놓음으로써 완결미를 이끌어내기에 이른다. "손끝에 바늘귀 달아 아픈 너 여미고 싶다"라고.

앞에 든 「마음」의 종장 "아이들 신나게 차는 공처럼 대굴거린다"라는 상의 비약처럼 이 작품에서도 전혀 의외의 결구 처리가 돋보이게 하는 힘을 받쳐주었다고 할 수 있다. 이처럼 시조의 종장은 더없이 중요하여 작품의 성공 여부를 결정하는 분명한 매듭 역할을 한다. 이러한 생각을 이어주는 단수 한 편을 더 옮겨 읽기로 한다.

나무도 외로워야 큰 나무로 자란다

외롭지 않은 나무는 그리움을 모른다

그리움 그 거리만큼 나무는 커간다
  -「그리움의 거리」 전문

외로움과 그리움의 관계 설정부터가 조금은 의외이다. 나무는 그 두 거리만큼의 간격으로 해서 자란다는 믿음, 정말 그럴까? 그 진위 여부는 중요하지 않다. "외로워야 큰 나무로 자"라고, 마침내 그리움까지도 품어 안을 수 있다는 시인의 확신이 더 중요하다고 믿는다. 또 하나 여기서 놓치지 않아야 할 대목은 바로 그리움의 "거리"이다. 그리움에다 간격을 설정한 의도 자체부터가 시적 발상의 대전환이 될 수 있었기 때문이다. 3장 모두 같은 종결어미를 사용한 것도 단수의 묘미를 보탰다.

2

근래 시조단에서 특히 주목되는 현상은 단시조 발표가 두드러지고 있다는 점이다. 거듭되는 얘기지만 시조는 단시조 단수가 정격이다. 산문은 차치하고라도 자유시가 대책 없이 산문화하고 있는 현실에서 시의 요체라 할 수 있는 소위 절창은 아무래도 시조, 그것도 단수가 그 역할을 담당해야만 한다는 생각이 더 깊어진다. 다행스럽게도 전문지들이 단시조란을 별도로 편집한다거나 또 출판사가 별도 기획을 하여 단시조집 출간을 돕는 것이 한몫 도움이 되고 있다. 물론 이러한 바람직한 현상은 시인들의 단시조에 대한 창작열이 뒷받침되어야만 가능하다. 대다수의 시인들이 단시조 창작에 그 어느 때보다도 열

성을 보이고 있으니 잘된 일이다. 이러한 작금의 기류를
반영이라도 하듯이『목련꽃 벙그는 밤』에도 단수가 수록
작품의 절대다수를 차지하고 있다. 그 가운데서 표제작
을 포함하여 몇 편을 옮겨 읽기로 한다.

목련이 벙그는 밤
흰 달이 떴어요

달빛에 일렁이는
목련꽃 보셨나요

당신을
꼭 한번
다시
봤으면 좋겠어요
－「목련꽃 벙그는 밤」 전문

사는 게 아득한 날은
선암사에 가보세요

근심 푸는 해우소

근심 없는 무우전

육백 년
늙은 매화는
봄 오면 꽃 피워요
―「선암사」전문

　두 편 모두 꽃을 소재로 한 단수이다. 목련과 매화 봄꽃
을 다루고 있는데, 시인에게는 이미 단수 「홍매」 가편이
있다. "이런 봄날 꽃이 되어// 피어 있지 않는다면// 그 꽃
아래 누워서// 탐하지 않는다면// 눈보라// 소름 돋게 건
너온// 사랑인들 뜨겁겠느냐"고 노래한 사랑 시이다. 따
라서 인용한 시는 그 연작이라고 해도 좋을 단시조이다.
　목련과 밤, 흰 달빛과 꽃의 조화, 여기에다 "당신을/ 꼭
한번/ 다시/ 봤으면 좋겠어요"라는 간절한 소망을 담았
다. 종장 둘째 음보 "꼭 한번/ 다시"를 별행 처리함으로써
강조의 의미를 나타내고 있는데, 교과서적인 배열에는
벗어나 있지만 화자의 간곡한 심정을 표현한 것이라고
읽힐 때는 의도한 대로 소기의 목적을 거두었다고 볼 수
가 있다.
　「선암사」도 다르지 않았다. "육백 년/ 늙은 매화는/ 봄

오면 꽃 피"우는 그 어김없는 자연의 섭리에 겹쳐서 우리
의 "사는 게 아득한 날"이 어쩌면 남루한 투정인지도 모른
다는 생각을 갖게 한다.

이제 이쯤에서 앞에 인용한 시편들과는 또 다른 의미
의 꽃 시 한 편을 옮겨 읽고 시인의 다양한 생각의 한 면을
살펴보기로 하자.

미세먼지와 목감기
도톰하게 솟은 목련

산수유와 애기똥풀
취업 미생 아우성

혁명도
무차별 쿠데타도
꽃 피고 질 때였다
 ─「봄은 한꺼번에 왔다」 전문

봄이라고는 하지만 우리의 현실은 녹록지가 않다. 우
선 미세먼지가 봄 하늘을 가득 채우고, 한 치 앞을 분간할
수 없는 희뿌연 우울한 날들이 계속된다. "도톰하게 솟은

목련"과 지극히 대비되는 봄날이다. 여기에 더하여 "산수유와 애기똥풀"도 봄 기지개를 펴보지만 "취업 미생 아우성"이 더 요란을 피운다. 젊은 청춘들이 가슴을 펼쳐야 할 하늘이 마치 미세먼지에 가려진 듯 취업에 막혀서 두꺼운 어둠에 갇히고 말았다. 이러한 오늘의 암울한 우리 현실을 짧은 초·중장에다 대비해서 앉혀놓고 있다. 그러면 어제의 봄날은 어떻던가. 4·19혁명, 촛불혁명, 여기에 더하여 5·18광주민주항쟁, 제주4·3사건 등등, "혁명도/ 무차별 쿠데타도/ 꽃 피고 질 때였다"고 실토한다. 시인이라면 마땅히 그 시대의 아픔을 함께해야만 한다. 그러한 자세가 무엇보다도 중요한 시대를 우리 모두가 살아가고 있다. 그리고 시조에서 단수의 묘미가 집약과 압축이라고 정의한다면 「봄은 한꺼번에 왔다」는 하나의 전범이 될 만하다는 생각을 갖게 했다.

3

시의 길은 그야말로 전인미답의 길이다. 김영재 시인이 즐겨 찾는 산길이나 사막을 건너가는 길 또는 설산을 타고 오르는 길 등은 시인 자신에게는 미답의 길이 분명

할 것이지만 앞서 여러 사람이 이미 걸어갔던 답습에 지나지 않는다. 그러나 시의 경우는 아주 다르다. 어떠한 경우도 시는 전인미답의 길이 된다. 따라서 사막과 설산 차마고도 등은 시인에게 있어 시로써 새로운 길을 열어 보이는 미지의 세계가 되었다고 할 수 있다.

시인은 그 희열을 가슴에 담으려고 오늘도 길을 나선다. 그의 길 위에서의 산문집 『외로우면 걸어라』는 그런 의미에서 시의 낙수落穗였다고 할 수 있다. 이 장에서는 그가 걸었던 길을 가늠케 하는 작품을 옮겨 읽는 것으로 그 발자취를 따라가 보기로 한다.

매리설산 빙하 녹아
흰 폭포로 소리친다

큰 산도 속상하면
울음보 터지는데

애간장 녹고 쓰려도
우리 삶은
속앓이뿐
 -「흰 폭포」 전문

매리설산 찾아갔다
해발 육천칠백사십

산맥 같은 빙하가
비밀처럼 녹고 있었다

거대한
바윗돌들이
소리치며 굴렀다

무슨 할 말이 있어
설산이 무너지는가

사원의 라마승이
어린 부처를 옮기자

사납던 빗줄기 몇이 느리게 잦아들었다
　　－「설산에서, 잠시」 전문

인용한 두 편 모두 만년설이 덮인 매리설산_{梅里雪山}이

배경이다. "매리설산 빙하 녹아/ 흰 폭포로 소리"치는 장관을 다룬 단수 「흰 폭포」에서는 그 폭포의 위용을 "큰 산도 속상하면/ 울음보 터지는" 것으로 본 시인의 시각이 이채로웠다. 큰 산은 그렇게 울음보를 터뜨려서 아픈 속을 밖으로 표출하며 요란을 떨치지만, "애간장 녹고 쓰려도/ 우리 삶은/ 속앓이뿐"이라고 대비했다. 큰 산의 그 요란한 울음보 앞에 마치 더없이 작아진 인간의 모습을 보는 듯하다.

「설산에서, 잠시」에서는 "산맥 같은 빙하가/ 비밀처럼 녹고 있"어서 "거대한/ 바윗돌들이/ 소리치며" 구른다. 여기서는 큰 산이 울지 않고 노여움에 소리친다고 보았다. 그래서 "무슨 할 말이 있어/ 설산이 무너지는가"라고 염려한다. 그런데 이 같은 요란한 자연현상도 신만이 다스릴 수 있는 것일까. "사원의 라마승이/ 어린 부처를 옮기자// 사납던 빗줄기 몇이 느리게 잦아들었다"라고 기술하고 있다. 요란한 소동을 잠재우는 아기 부처, 자연은 역시 신의 몫인 것을 확인시켜주고 있다.

길 위의 시 한 편을 더 옮겨 읽는다.

　　길은 절벽 나는 그 길
　　그 길을 걷는다

오른쪽 낭떠러지로 발길이 미끄러질 때

푸르른 실핏줄들이
반대편에서 나를 지킨다

말과 사람들이 위태롭게 걷는다
말이 가다 서면 사람도 멈춰 선다
둘이서 걷는다는 것은 기다림을 아는 것
　　　　　　　－「차마고도를 걷는 법」전문

　사람이 이 땅 위에 낸 길 중에서 불가사의에 가까운 가장 힘든 길이 차마고도라고 한다. 삶의 편의를 위해 낸 길을 다니며 그 편의를 돕는 물건을 옮기는 일을 정작 말들의 수고에 의존할 수밖에 없는 험로가 바로 차마고도이다. 그 절벽 낭떠러지 소로를 화자는 걷는다. 삐끗하면 천 길 낭떠러지로 떨어지기 마련인 길이지만 "푸르른 실핏줄들이/ 반대편에서 나를 지킨다"고 했다. 실핏줄, 인체에서 가장 미세한 핏줄의 힘에 대한 믿음은 아무래도 그러한 경험을 하지 않고서는 절대 알아챌 수가 없을 것이다. 말과 사람의 위태로운 동행, "말이 가다 서면 사람도 멈춰"설 수밖에 없는 말에 대한 사람의 절대 의존을 그리고, "둘이서 걷는다는 것은 기다림을 아는 것"이라는 길 위에서의 한 터득을 일깨워 주고 있었다. 어쩌면 이러한 깨우침이 시인의 시에서는 중요한 그 실핏줄 역할을 한 것이 아닌가 하는 생각이 들었다.

4

『목련꽃 벙그는 밤』에는 사설시조도 몇 편 수록되어 있다. 앞 장에서 읽은 매리설산과 차마고도에 관한 시편들과 서로 맞닿아 있는 작품이기도 하다.

설산에서 비를 만나 대피소에 갔혔다

비를 피해 낯선 풍경 속으로 망연자실 빠져드는데 마부는 비를 맞고 말의 잔등을 우산으로 씌워주었다 말이 비에 젖지 않도록 비와 바람을 막아서며 오래 입어 색 바랜 바람막이 겉옷을 다 적셨다 그 모습을 한참 동안 바라보며 생각했다

언젠가
나도 너에게
말이 되고 싶다
―「비를 만나다」 전문

특별한 설명이나 이해를 돕기 위한 도움말이 필요치
않은, 읽어서 바로 받아들일 수 있는 작품이다. 설산에서
비를 만나 대피소에 갇히고, 마부가 그 비를 맞으며 말에
게 우산을 씌워주는 낯선 광경을 바라보면서 화자는 문
득 깨닫는다. 그리고 바라기를 "언젠가/ 나도 너에게/ 말
이 되고 싶다"는 욕심이다. '네가 내 말이 되는 것이 아니
라 내가 너에게 말이 되고 싶은' 자기중심이다. 네가 나를
아주 아껴서 우산을 씌워주기를 바라는 것, 그만큼 너의
사랑을 독차지하고 싶다는 마음의 간절한 표현이리라.
그런데 여기서 눈여겨보아야 할 대목은 말을 아끼는 마
부의 진정성이다. 그리고 그 모습을 가슴속 깊이 각인한
시인의 마음 아니겠는가.
한 편을 더 옮겨 읽기로 한다.

내가 만일 말이 되어
차마고도 넘는다면

그대를 등에 태워 낭떠러지 벼랑길 마다 않고 콧소리 내지르며 오르고 오르리라 밤 되면 별을 보며 두 몸이 하나 되어 아침을 기다릴 것이고 아침 해 설산을 넘어 불끈 솟구치면 추운 밤 이슬에 젖은 내 잔등을 말려 그대의 보료로 삼게 하리니 그대는 나의 주인 천 길 벼랑 한 몸으로 떨어져도 좋을 주인

떨어져 천마가 되어
하늘 높이 날아보리
—「나의 주인」전문

여기서는 화자가 말이 되기를 소망한다. "그대를 등에 태워 낭떠러지 벼랑길 마다 않고 콧소리 내지르며 오르고 오르"기 위해서 말이 되겠다는 것이다. 그리하여 "밤 되면 별을 보며 두 몸이 하나 되어 아침을 기다릴 것"이라고 다짐한다. 그의 시편에서는 보기 드물게 다분히 열정적이어서 "아침 해 설산을 넘어 불끈 솟구치면 추운 밤 이슬에 젖은 내 잔등을 말려 그대의 보료로 삼게 하리니"라는 자못 격정적인 표현도 서슴지 않는다. 앞에 인용한 몇 편의 꽃 시들에서 보였던 절제된 모습과는 사뭇 다르게

열정이 끓어넘친다. 그리고 "그대는 나의 주인 천 길 벼랑 한 몸으로 떨어져도 좋을 주인"이라고 열렬한 심정을 토로하기에 이른다. 그러면서도 불같이 타오르는 그 염원에 날개를 다는 안전장치를 놓치지 않는다. 천 길 벼랑 위에서 "떨어져 천마가 되어/ 하늘 높이 날아보"겠다는 것이다. 두 날개를 펼쳐 하늘을 날아가는 천마, 나의 주인인 그대를 고이 등에 앉히고 천 길 낭떠러지에서 떨어진다 해도 아무 일 없이 그 창공을 날아가겠다는 화자의 간곡한 마음을 잘 드러내고 있었다.

시인이 걸은 길 위에서, 전인미답의 그 시의 길을 잠시 동행해보았다. 그러나 멀고 높고 깊은 계곡의 험준한 길을 작품을 통해 따라간다는 것은 그야말로 겉핥기 정도에 그치는 것인지도 모른다. 그렇다 하더라도 험난하고 지순한 그 길에 아름다운 시심이 깃들어 있었음을 확인한 것만으로도 필자의 소임은 어느 정도 하였다는 생각이다. 그가 걸어갈 먼 시의 도정道程은 아직도 현재진행형이므로, 그 어느 한 부분만을 살펴 읽은 것으로 이해하기를 바라며 글을 맺는다.